Collection de " Défense Agricole "
Publiée sous la direction de
Henry GIRARD, Agriculteur-Eleveur
Membre de l'Académie d'Agriculture

Comment rédiger un Bail à Ferme

payable en denrées

NOUVELLES FORMULES DE BAUX

PAR

ANDRÉ PAVIE

Introduction d'Henry GIRARD

Prix : 3 francs

PARIS

LIBRAIRIE AGRICOLE DE LA MAISON RUSTIQUE
(Librairie de l'Académie d'Agriculture)
26, rue Jacob (VIᵉ)

COLLECTION DE " DÉFENSE AGRICOLE "

Brochures déjà parues :   PRIX

P. Caziot. **La Vérité sur la Richesse Agricole** (3ᵉ édition)   **3 fr.**

L. Machefel. **La Vérité sur la Protection Douanière Agricole**................................ **3 fr.**

A. Sauzède. **Comment l'Agriculteur peut vérifier sa feuille d'impôts sur les revenus**...... **3 fr.**

A. Toussaint. **Comment l'Agriculteur peut aider ses ouvriers**........................... **3 fr.**

A. Sibille. **Paysan, défends-toi avec tes Comptes**..... **3 fr.**

A. Pavie. **Comment rédiger un bail à ferme payable en denrées** .... **3 fr.**

En préparation :

P. Hallé. **Pour mieux Vendre notre Blé.**

M. Donon, P. Casanova, Henry Girard. **Sécurité et Profits pour les Producteurs de Lait.**

---

*Ces Brochures d'actualité, rédigées par des praticiens ou par l'***homme qualifié** *pour chaque sujet, constituent entre les mains des cultivateurs et de ceux qui veulent défendre leurs intérêts légitimes, une documentation unique, courte et précise, susceptible de rendre les plus grands services.*

Collection de " Défense Agricole "

Publiée sous la direction de

Henry GIRARD, Agriculteur-Eleveur

Membre de l'Académie d'Agriculture

Comment rédiger un Bail à Ferme

payable en denrées

NOUVELLES FORMULES DE BAUX

PAR

ANDRE PAVIE

Introduction d'Henry GIRARD

PARIS

LIBRAIRIE AGRICOLE DE LA MAISON RUSTIQUE

(Librairie de l'Académie d'Agriculture)

26, rue Jacob (VIe)

INTRODUCTION

Nous continuons à publier ces études d'actualité susceptibles de rendre service aux terriens. Elles sont bon marché, plus pratiques et moins rébarbatives que des gros livres ; elles n'encombrent pas et trouvent aisément leur place ; elles permettent cependant mieux qu'un article de journal ou de revue l'examen complet d'une question. Elles semblent donc bien appropriées à une période agitée où chacun veut se renseigner vite et bien sur des sujets nouveaux pour tous puisque personne n'a l'expérience des bouleversements consécutifs au drame de 1914-1918...

La main-d'œuvre agricole manque ; il n'y a plus assez de producteurs pour ce qu'il y a de consommateurs ; les campagnes sont désertes. La guerre a aggravé ce qu'une politique et une législation anti-familiales avaient commencé, ce qu'une politique d'exaltation industrielle et commerciale poursuivie depuis 1918 a achevé, malgré de sages avertissements, politique toute citadine et au jour le jour, « modus vivendi » empirique, œuvre d'une coalition d'intérêts plutôt que d'un sens averti de l'intérêt national. Nous avons, il est vrai, des ouvriers étrangers, mais quel expédient ! Leur concours est précaire, à la merci d'une mobilisation dans leur pays ou d'une saute de change, sans compter qu'ils exportent une partie de leurs salaires. Il faut donc retenir au sol les Français en les aidant et M. A. Toussaint nous a fourni le guide nécessaire. C'était le moment.

D'un autre côté depuis la guerre il a été intentionnellement dit et écrit une foule d'erreurs concernant l'extraordinaire fortune des cultivateurs. Le travail de M. P. Caziot a mis la question au point définitivement et dans son étude sur le régime douanier des produits agricoles, M. Machefel a complété son argumentation, nous permettant en même temps d'intervenir utilement dans les nouveaux débats qui vont être institués au Parlement à ce sujet.

Malgré tout, l'opinion publique convaincue de l'enrichissement des cultivateurs et de leur prétendue exonération d'impôts, a exigé de la part de ceux-ci une plus lourde contribution aux charges de l'État. Les réquisitions, les taxations, la non-protection douanière, les perpétuelles interdictions d'exporter ne suffisaient pas... Afin d'armer les assujettis contre les prétentions excessives d'une administration hostile le plus souvent, nous avons demandé à M. Sauzède d'analyser pour eux les nouveaux impôts et à M. Sibille de leur expliquer comment voir clair à leurs affaires et comment se défendre en tenant une comptabilité simple et sûre.

Mais il faut bien dire que si les cultivateurs sont tellement battus en brèche, c'est que leur isolement et leur manque d'instruction économique général, les ont empêchés de se faire assez d'amis. Ils n'ont rendu personne solidaire de leur cause alors qu'ils l'auraient pu, à commencer par les propriétaires fonciers, écœurés non sans raison de ne pas voir au moins partiellement leur revenu suivre la marche ascendante des frais culturaux et de nos prix de vente. C'est au point qu'ils ne peuvent plus entretenir les bâtiments et qu'ils sont même amenés à vendre leurs biens s'ils sont dépourvus d'autres moyens d'existence.

Si certains cultivateurs croient que tout est pour le mieux ainsi, les plus éclairés par contre comprennent leur véritable intérêt et ne se réjouissent pas d'une telle situation qui provoque l'envie, voire la haine. Or de tels sentiments n'ont jamais rien produit de bon. Il ne faut pas laisser déprécier la valeur de la propriété foncière ; il convient donc de trouver de nouvelles formules de baux rapprochant le fermage du métayage et remédiant à l'instabilité économique. En les adoptant les cultivateurs grossissent le nombre des partisans du paiement à leur véritable prix, des produits agricoles, ce qui est fort important. En outre ils peuvent ainsi exiger un bon entretien des locaux où ils travaillent et où ils vivent.

Mais ces nouvelles formules ne sont familières ni aux bailleurs, ni aux preneurs, ni aux notaires, ni aux gérants. L'emploi inconsidéré de la clause du fermage payable en nature provoquera certainement des ruines du côté des exploitants et des mécomptes du côté des propriétaires. Il faut donc entrer dans cette voie avec beaucoup de prudence et de discernement.

Il était nécessaire de mettre bien vite au point la question simplement, clairement et complètement. C'est ce que M. André Pavie, à la fois juriste et propriétaire en Anjou, pays de métayage, de fermage et de faire valoir, a bien voulu faire pour les lecteurs de la bibliothèque de défense agricole. Il rend un réel service et nous l'en remercions.

Le caractère éminemment pratique de son étude avec modèles de clauses de baux sera certainement apprécié.

Henry GIRARD

Comment rédiger un Bail à Ferme payable en denrées

Effets de l'instabilité monétaire sur le prix des fermages
Impossibilité de conclure un bail payable « en or »
ou « en valeur-or »
Impossibilité de conclure un bail
payable en coupons de la rente 4 0/0
à garantie de change
Validité de la clause stipulant que le fermage
sera payé en nature
Rédaction de la clause stipulant le payement en nature
Comment déterminer le prix du fermage
Frais d'enregistrement
des baux stipulant un fermage en nature

EFFETS DE L'INSTABILITÉ MONÉTAIRE SUR LE PRIX DES FERMAGES

Les graves perturbations apportées à la conclusion et à l'exécution de tous les contrats de quelque durée par l'instabilité de notre monnaie et sa dépréciation progressive n'ont point épargné l'industrie agricole. On pourrait même dire, sans paradoxe, qu'elle en a souffert, dans une certaine mesure, plus que toute autre branche de la production française, les longs délais, les conventions à long terme étant de l'essence même de certains contrats comme les baux à ferme.

Des baux à ferme conclus soit avant, soit pendant la guerre, en un temps où le franc avait une valeur stable et était à la parité de l'or, sont encore en vigueur aujourd'hui pour une période plus ou moins longue. Le fermier a vu s'accroître constamment, par suite de la hausse de tous les produits du sol, le chiffre de ses bénéfices comptés en francs-papier. Le propriétaire continue, et continuera de toucher, pendant toute la durée du bail, le prix stipulé dans le contrat: mais ce sont des francs-papier. Le revenu de sa terre, gardant toujours la même valeur nominale, a diminué d'année en année en valeur réelle. Et la situation, jusqu'à présent, est pour lui sans remède, le législateur ne s'étant pas décidé à adopter pour les biens ruraux, — bien que plusieurs projets et propositions soient en instance devant le Parlement, — des mesures analogues à celles qui, pour les baux commerciaux, ont permis la revision et l'établissement sur des bases nouvelles des contrats de longue durée.

S'agit-il de baux passés depuis que le franc a commencé de se déprécier ? Si le prix a été fixé à une époque à laquelle le franc avait perdu la moitié de son pouvoir d'achat, et que les parties, tenant compte de cette dépréciation, soient convenues d'un prix double du prix d'avant-guerre, le propriétaire ne touche plus, alors que le franc a perdu, non plus la moitié, mais une fraction beaucoup plus importante de son pouvoir d'achat, qu'un revenu très inférieur à celui qu'il touchait avant-guerre, bien que le prix du fermage, exprimé en francs, soit beaucoup plus élevé.

Dans certains cas, on a fait abstraction du prix d'avant-guerre. Le prix du fermage a été établi en faisant état du rendement de la ferme d'après le cours actuel des produits. C'est pour le fermier que la situation peut devenir dangereuse, si, par suite d'une revalorisation du franc, ou pour toute autre cause, les bénéfices de son exploitation viennent à baisser.

D'une façon générale, de part et d'autre, propriétaire et fermier hésitent à s'engager pour une durée d'une certaine importance. Ils concluent ou des baux de courte durée, ou des baux à périodes triennales, et cette situation n'est favorable ni à l'un ni à l'autre, le bail de courte durée n'engageant pas l'exploitant à apporter au sol qu'il cultive des améliorations dont il ne peut se dire avec certitude que le profit sera pour lui.

IMPOSSIBILITÉ DE CONCLURE UN BAIL PAYABLE « EN OR » OU EN « VALEUR-OR »

A l'incertitude résultant pour les contractants de l'instabilité de la monnaie, certains ont essayé de remédier par l'introduction dans leurs conventions d'une clause stipulant que le payement aurait lieu « en or », ou que la somme à payer comporterait le versement d'un montant en billets de la Banque de France calculé en francs-or. Une telle stipulation est-elle valable ? La question n'est point née d'hier. Elle s'est posée aux diverses époques auxquelles le cours forcé des billets de la Banque de France a été imposé par la loi. La solution qui lui a été donnée par les tribunaux français n'a point varié. Valable, lorsqu'elle intervient entre français et étrangers, décident-ils, une telle clause est nulle, si elle figure dans un contrat conclu en France, entre français, et exécutoire en France.

Dans la plupart des cas où les tribunaux ont eu à se prononcer depuis 1914, il s'agissait de baux de longue durée, conclus avant la guerre, dans lesquels figurait une clause de style stipulant que le payement des loyers ou fermages ne pourrait avoir lieu qu'en « bonnes espèces de monnaie d'or aux cours, titres et poids actuels, et non en papier-monnaie, billets et autres valeurs fictives et représentatives du numéraire, dont le cours même forcé pourrait être introduit dans les payements en vertu de toutes lois et de tous décrets ». Cette clause a été déclarée nulle par les tribunaux civils aussi bien que par les tribunaux de commerce. La Cour de Paris, dans un arrêt du 22 février 1924, a déclaré nulle non seulement la clause prévoyant le payement en or, mais la clause autorisant le débiteur à payer en billets de la Banque de France, au taux du contrat majoré de la prime que feraient l'or et l'argent au moment du payement.

A vrai dire, c'est cette dernière clause qui, bien mieux que la clause « payable en or », pouvait produire un effet utile entre les parties contractantes. Car, à supposer que le débiteur pût réunir la quantité de pièces d'or nécessaire pour s'acquitter du payement auquel il est tenu, le créancier n'en serait pas plus avancé, la loi du 12 février 1916 lui interdisant de céder ces pièces d'or pour un prix dépassant leur valeur légale, ou moyennant une prime quelconque.

La Cour de Cassation n'a pas eu, depuis 1914, a se prononcer sur la question, du moins en ce qui concerne les contrats entre Français. Son dernier arrêt rendu en la matière est du 11 février 1873. Mais, dans un arrêt du 7 juin 1920, où elle s'est prononcée sur la validité de l'engagement pris par un débiteur étranger de s'acquitter en or envers un créancier français, elle a montré nettement qu'elle entendait s'en tenir à l'opinion adoptée par elle en 1873. Les motifs de l'arrêt affirment, en effet, que la stipulation intervenue entre le débiteur étranger et le créancier français, « dont l'effet est de faire rentrer en France de la monnaie d'or, n'est nullement en contradiction avec la loi d'ordre public qui oblige un créancier à recevoir en France le payement de sa créance en papier ayant un cours forcé d'une valeur légalement équivalente à la monnaie prévue au contrat ».

Le système adopté par les tribunaux français est fondé sur ces motifs, d'ordre juridique: 1° que les dispositions qui ont établi le cours légal et le cours forcé du billet de la Banque de France ont fait de ce billet une monnaie fiduciaire ayant obligatoirement la même valeur libératoire que la monnaie d'or; 2° que l'établissement du cours forcé est une mesure d'ordre public à laquelle, sous aucun prétexte, il n'est permis de déroger.

S'il n'y avait entre la valeur réelle du billet de banque et sa valeur nominale qu'un écart de peu d'amplitude, si cet écart demeurait, pendant une longue période, sensiblement le même, l'obligation de ne considérer jamais, dans les transactions civiles et commerciales, que la valeur nominale du billet aurait peu d'inconvénients. Les prix convenus s'établiraient en tenant compte de l'écart entre la valeur nominale et la valeur réelle, ou, si l'on veut, en ne tenant compte que de la valeur nominale.

Mais la valeur réelle de notre billet de banque est d'une instabilité qui déjoue toutes les prévisions. Comment stipuler, dans un contrat, de quelque nature qu'il soit, le payement à effectuer au moyen d'une monnaie dont on ne sait quelle sera la valeur au jour de l'échéance ? Pour le débiteur comme pour le créancier, il y a là une incertitude qui les empêche l'un et l'autre de prendre le moindre engagement de quelque durée.

L'Etat lui-même semble avoir aperçu le danger économique du système adopté par les tribunaux, puisqu'il a autorisé, par le décret du 4 juillet 1925, l'émission de rentes 4 % perpétuelles, dont les coupons bénéficient d'une « garantie de change ». Mais l'Etat, objectet-on, qui, pour des raisons d'ordre public, a imposé le cours forcé, qui a édicté que, quoi qu'il advienne, le billet de la Banque de France devrait toujours être accepté en paiement pour la somme qu'il est censé représenter, l'Etat peut, pour d'autres raisons d'ordre public, enfreindre, dans un cas particulier, les règles qu'il a lui-même établies. Voilà une théorie bien commode pour l'Etat, mais dont la jurisprudence ne permet point aux particuliers de faire leur profit.

S'il est interdit de stipuler un payement « en or », ou « en valeur-or », ne peut-on convenir que le payement sera effectué dans une monnaie étrangère qui paraît ne pas être susceptible de dépréciation, en dollars, en livres sterling, par exemple ? Il va de soi que, pour les mêmes raisons d'ordre public sur lesquelles les tribunaux s'appuyent pour déclarer nulle la clause de payement en « valeur-or », une telle clause serait également frappée de nullité. Convenir, en effet, que l'on payera en dollars ou en livres, c'est convenir que l'on payera en une monnaie autre que le billet de banque, c'est refuser de se soumettre au principe, édicté par la loi, de la force libératoire du billet de banque. Convenir d'un payement en dollars ou en livres, c'est convenir d'un payement en or.

IMPOSSIBILITÉ DE CONCLURE UN BAIL PAYABLE EN COUPONS DE LA RENTE 4 %
A GARANTIE DE CHANGE

Il semblerait bien que la convention aux termes de laquelle le débiteur s'engage à payer en coupons de la rente 4 % à garantie de change, émise par l'Etat français en 1925, dût être considérée comme licite, puisque, dans ce cas, l'on ne ferait que suivre l'Etat lui-même, dans les variations qu'il a prévues de la valeur des payements à effectuer par lui. Les tribunaux n'ont pas eu à se prononcer jusqu'à présent sur la validité de la clause stipulant le payement en rente 4 % à garantie de change. De certaines déclarations faites par M. Georges Bonnet, qui était, à l'époque de l'émission, ministre du Budget, il semblait résulter que la clause devait être considérée comme licite. L'Administration des finances a, depuis lors, apparemment, changé d'opinion, car elle a refusé aux compagnies d'assurances l'autorisation d'insérer cette clause dans leurs contrats. D'éminents juristes, d'ailleurs, estiment qu'elle doit être condamnée, comme équivalant à la clause de payement en « valeur-or ». Ils vont peut-être un peu loin.

Si l'on analyse, en effet, l'opération qui consiste, de la part du créancier, à stipuler que, le jour du payement, il acceptera, au lieu de monnaie légale, la valeur de cette monnaie en coupons de rente sur l'Etat, on aperçoit que, au lieu d'exiger un véritable payement, le créancier accepte d'être substitué aux droits de créance que son débiteur possède lui-même sur l'Etat. En quoi une telle convention peut-elle être illicite, si elle est intervenue d'accord entre les parties ? Lèse-t-elle l'ordre public ? Porte-t-elle atteinte au principe de la force libératoire de la monnaie légale ? On se le demande.

L'objection la plus grave — elle a été faite — est que, si un tel mode de payement venait à se généraliser, le nombre des coupons de rente 4 % à garantie de change actuellement existants serait trop faible pour assurer tous les payements. A cela peut-être, si cette situation venait à se produire, l'Etat ne serait pas dans l'impossibilité de trouver un remède.

VALIDITÉ DE LA CLAUSE STIPULANT QUE LE FERMAGE
SERA PAYÉ EN NATURE

Qu'au lieu de stipuler un prix de fermage payable en espèces, en francs-papier qui donnent chaque jour des preuves plus alarmantes de leur instabilité, l'on stipule que le prix sera payable en denrées, en produits du sol, il a semblé qu'une telle façon de procéder serait de nature à introduire une sécurité relative dans la conclusion et l'exécution des baux.

Cette question a, depuis plusieurs années, attiré l'attention de nombreuses personnalités particulièrement compétentes en matière agricole. Elle fut étudiée notamment par M. Delos, professeur à l'Institut agronomique de Gembloux, en 1921 ; par M. Henri Hitier, secrétaire perpétuel de l'Académie d'agriculture, à la session de la Société des Agriculteurs de France de 1923 ; par M. Henry Cournault, secrétaire général de la Confédération des Associations agricoles de l'Est, au Congrès de l'Agriculture française, à Paris, la même année; par M. Labounoux, directeur des Services agricoles de la Seine-Inférieure, au Congrès de l'Agriculture française, à Rouen, en 1925. Elle a fait l'objet d'une communication de M. Joseph Hitier à l'Académie d'agriculture, le 2 décembre 1925. De substantiels articles lui ont été consacrés par M. Henri Hitier et M. Henry Girard, dans le *Journal d'Agriculture pratique*, par MM. Henri et Joseph Hitier dans le *Bulletin de l'Association nationale d'expansion économique*, par M. Pierre Caziot, dans la *Journée industrielle*.

Le payement en nature tend à se répandre de plus en plus dans maintes régions de France. Il présente le grand avantage de ménager équitablement les intérêts du propriétaire et ceux du fermier.

Qu'on stipule, dans un bail payable en espèces, un prix établi sur le rendement de la ferme évalué d'après le cours actuel des différents produits, le fermier, en cas de baisse de ces produits, sera fort embarrassé pour tenir ses engagements. Il ne voudra donc point se lier pour une trop longue période de temps. Mais, d'autre part, le bail de courte durée lui est défavorable parce qu'il ne lui permettra pas de recueillir le bénéfice des améliorations apportées par lui à l'exploitation de la ferme. Le payement du fermage étant stipulé en denrées, le fermier peut s'engager sans crainte, puisqu'il lui sera toujours possible de fournir la quantité de denrées prévue, quel que soit le prix, quel que soit le cours de ces denrées. Le propriétaire est garanti, de son côté, contre le risque de dépréciation de la somme qu'il encaisse, lorsque le fermage est payé en espèces.

Cette pratique, qui est moins une nouveauté qu'un retour à de très anciens usages, n'a pas été sans soulever certaines objections, sans faire apparaître, dans des cas particuliers, certaines difficultés d'application.

La validité de la clause qui stipule le payement en nature a été contestée.(1) Dans la communication à l'Académie d'agriculture que j'ai citée ci-dessus, M. Joseph Hitier a démontré de façon irréfutable qu'un texte formel sanctionne au contraire la légalité d'une telle clause.

« L'article 75 de la loi de finances du 15 mai 1818, dit-il, qui vise la liquidation des droits d'enregistrement, dit que, lorsque le prix du bail est payable en nature, il y a lieu d'opérer un calcul pour déterminer le « quantum » du droit à payer. On doit établir une moyenne en prenant les résultats donnés par les quatorze années précédentes pour constituer l'année commune, en éliminant les deux années les plus fortes et les deux années les plus faibles, et en prenant la moyenne des dix années qui restent.

« Ce texte législatif reconnaît donc la validité de la pratique, puisqu'il indique la procédure à employer pour déterminer la valeur des payements en nature au point de vue des droits d'enregistrement. »

J'ajouterai qu'un autre texte vient renforcer l'argumentation qu'on peut tirer des dispositions de la loi du 15 mai 1818. C'est celui de la loi du 12 juillet 1905, modifiée par la loi du 1er janvier 1920, sur la compétence des juges de paix, qui, dans son article 3, prévoit les règles applicables à l'évaluation du prix d'un bail, si le prix principal de ce bail se compose, en totalité ou en partie, de denrées ou prestations en nature appréciables d'après les mercuriales.

Si des dispositions ont été prises par la loi pour déterminer la façon d'évaluer le prix d'un bail stipulant un payement en nature, c'est que, implicitement sans doute, la loi admet la validité de ce mode de payement.

La clause du payement du fermage en nature peut donc être valablement insérée dans un bail : elle est, juridiquement, inattaquable.

Mais si le propriétaire stipule qu'il lui sera fourni tant de quintaux de blé, tant de kilos de viande, c'est avec l'intention de vendre, pour les transformer en espèces, ces denrées qui représentent le prix de location de la ferme. Cette transformation en argent de la prestation en nature peut-elle être mentionnée dans le bail ? Il y aurait danger à agir ainsi, estime M. J. Hitier, « car c'est là-dessus qu'on pourrait s'appuyer pour contester la validité de la clause, en disant que c'est un moyen détourné d'échapper à la règle que le franc-papier a puissance libératoire dans les payements pour

---

(1) Deux décisions de jurisprudence, les seules qui, à notre connaissance, soient intervenues en la matière, un jugement du tribunal civil de Rouen, du 21 Novembre 1921, et un arrêt de la Cour de Rouen, du 16 Novembre 1922, confirmant ce jugement, ont déclaré nulle la clause d'un bail d'avant-guerre stipulant le payement du prix en denrées, « en cas d'émission d'assignats, bons nationaux, bons du Trésor ou de tout autre papier-monnaie ayant cours légal et forcé ». Ces deux décisions ont fait l'objet des plus sévères critiques de la part des meilleurs juristes.

la somme inscrite sur le billet, quelle que puisse être la dévaluation du franc ».

Si le bail prévoit le payement en telle quantité de grains, livrable à telle gare, à telle date déterminée, il n'y aura pas toujours grande difficulté pour le propriétaire, à prendre livraison de ce qui lui est dû et à en réaliser la vente. Mais si le payement consiste en tant de kilos de viande, ou en grains et en viande tout à la fois, comment le fermier pourra-t-il fournir un nombre de têtes de bétail qui corresponde exactement au poids de viande stipulé dans le bail ? Comment le propriétaire qui, le plus souvent, n'est pas outillé pour cela, pourra-t-il loger et soigner ce bétail avant de le mettre en vente ? Comment pourra-t-il réaliser la vente ?

D'autres difficultés surgiront encore éventuellement sur l'appréciation de la qualité de la marchandise livrée. Rares, peut-être, s'il s'agit d'une livraison de grain, elles seront fréquentes lorsqu'il s'agira de viande, alors que des animaux de même espèce et de même poids auront une valeur très différente suivant leur âge et leur état d'engraissement.

Ce sont là autant de difficultés pratiques auxquelles on s'est efforcé de trouver des solutions.

RÉDACTION DE LA CLAUSE STIPULANT LE PAYEMENT EN NATURE

Il faut éviter soigneusement, nous l'avons vu, dans la rédaction de la clause stipulant le payement en nature, toute disposition dont la validité puisse être considérée comme portant atteinte à la règle qui veut que le franc-papier ait pleine force libératoire dans les payements. Le payement en nature, c'est-à-dire la remise par le fermier au propriétaire de telle ou telle quantité de denrées, d'une part, et la transformation en espèces de cette quantité de denrées doivent donc faire l'objet de dispositions nettement distinctes.

Il est sage de prendre en outre toutes les précautions nécessaires pour que, au moment du payement, il ne puisse se produire, entre propriétaire et fermier, aucune discussion sur la qualité et la valeur des denrées remises en payement.

Voici, pour les fermages payables en blé, une formule, publiée dans le *Bulletin de la Société des Agriculteurs de France* de mai 1926, qui nous paraît être de nature à éviter toute difficulté :

« Le présent bail est consenti et accepté de part et d'autre, moyennant un fermage annuel représenté par .... kilogrammes de blé froment, de qualité loyale et marchande, livrable au bailleur par tiers (ou par moitié) le .... (indiquer les dates habituelles des termes). La livraison se fera dans un rayon maximum de .. kilomètres, nette de tous frais.

» Sur la demande écrite du propriétaire, formulée quatre mois au moins avant la mise en application et révocable dans les mêmes délais, le preneur accepte la charge de transformer en argent la quantité de blé due en paiement du fermage. La somme sera alors versée au propriétaire à son domicile, le jour de l'échéance, en bonne monnaie ayant cours.

» Pour éviter toute contestation au sujet de la qualité du blé vendu ou du prix de la négociation sus-indiquée, les parties conviennent que la valeur du blé sera forfaitairement celle de la moyenne des cotes officielles établies par les courtiers assermentés au Tribunal de Commerce de la Seine, pendant le trimestre précédant le mois de chacun des termes. » (1)

Il va de soi que les cours choisis comme base pourraient être, au lieu des cours établis par les courtiers assermentés au Tribunal de Commerce de la Seine, ceux qu'indiquent telles ou telles mercuriales officielles, publiées dans la région.

Une difficulté naît ici du fait que, le plus souvent, il n'existe, dans les départements, aucune mercuriale officielle. Il faut bien, alors, se référer aux cours du marché de Paris qui, eux, sont officiels et officiellement publiés.

Sans doute les prix de la région dans laquelle le bail a été conclu et reçoit son exécution sont, en général, inférieurs aux prix pratiqués à la Bourse de Commerce de Paris et au marché de la Villette. Il appartiendra aux parties de tenir compte de cette circonstance dans la fixation du prix des fermages, et de convenir que les prix du blé, de la viande ou de toute autre denrée, tels qu'ils sont relevés dans les cotes officielles de Paris, seront diminués de la somme correspondant à la différence habituellement constatée entre les prix de Paris et ceux de la région.

Il sera nécessaire de tenir compte également, dans le choix des époques auxquelles sera fait le calcul du cours moyen des denrées, des habitudes et des usages locaux. Dans les régions, par exemple, où le fermier a l'habitude de vendre son blé dans les mois qui suivent immédiatement la récolte, si l'on stipule que le payement du fermage aura lieu néanmoins en deux termes, il sera prudent, pour les deux parties, de convenir que le calcul du prix sera fait pour les deux termes en prenant la moyenne des mois de juillet, août et septembre. Dans les régions, au contraire, où la vente du blé par le fermier s'échelonne sur l'année entière, il sera parfaitement équitable de convenir que le calcul des prix sera établi sur la moyenne des mois précédant chaque terme.

*
* *

Le payement du fermage en nature ne présente cependant pas un moindre intérêt pour les propriétaires et fermiers des pays d'élevage que pour ceux des pays producteurs de grain. Il fallait trouver une formule qui, tout en leur permettant de faire usage de ce mode de payement, fût juridiquement inattaquable. En voici une, soumise par M. Alfred Massé à l'Académie d'agriculture, dans sa séance du 16 décembre 1925 :

---

(1) Voir à l'Annexe, pages 23 et suiv., diverses formules dont il peut être fait usage.

« Par suite de ce fait que le nombre de quintaux de viande à livrer ne correspondra pas toujours exactement à un nombre de têtes de bétail, en vue aussi d'éviter, sur la qualité de la viande livrée, des discussions susceptibles, par la différence d'appréciation, d'entraîner en plus ou en moins une variation dans le prix du fermage, et pour supprimer toute cause de contestation ou de difficulté provenant des considérations qui précèdent, les deux parties conviennent que sur la demande du bailleur, formulée ici une fois pour toutes, le preneur qui accepte expressément ce mandat pour lui et, en cas de décès, pour ses successeurs éventuels aux droits qu'il tient du présent bail, sans que les uns ou les autres y puissent ultérieurement renoncer sans renoncer au bénéfice du bail lui-même, devra se charger de vendre pour le compte du bailleur les quantités de viande qu'il doit lui livrer, les frais d'expédition et de transport, commissions, droits d'octroi ou de marché et, d'une façon générale, tous les frais et avances qu'entraînera la vente restant à sa charge, sans qu'il en puisse poursuivre le remboursement contre le bailleur ou ses ayants-droit. Il en sera de même des pertes d'animaux en cours d'expédition.

» Les deux parties conviennent en outre que, en raison des difficultés pour le preneur de justifier des conditions auxquelles l'opération aura eu lieu, le règlement se fera aux dates mêmes fixées par le présent bail pour la livraison des produits en nature représentant le prix du fermage, sur les bases fournies par les cours officiels du marché de la Villette — cours moyen en négligeant les prix extrêmes (pour la viande de 1ʳᵉ, 2ᵉ ou 3ᵉ qualité, il appartiendra aux parties en cause de se mettre d'accord sur cette qualité), — à la date la plus voisine, en se reportant d'un mois en arrière de l'époque où doit avoir lieu la livraison, et, comme le cours officiel ne porte que sur la viande nette, en prenant — c'est encore un point que devront fixer les parties lors de la rédaction de l'acte — 50, 55 ou 60 kilogrammes, poids vif. On pourra aussi, au lieu du cours à une date fixe, se baser sur le cours moyen pour une période déterminée. » (1)

La transformation en espèces de la prestation fournie en nature par le fermier ne se fait plus ici, automatiquement, par le simple jeu d'une clause insérée dans le bail à cet effet. Elle résulte de l'exécution d'un mandat expressément confié par le propriétaire au fermier, pour un objet nettement déterminé : la vente, pour le compte du propriétaire, des bêtes à lui fournies. Ce mandat est accepté par le fermier, pour lui-même et, en cas de décès, pour ses successeurs éventuels aux droits qu'il tient du bail. La validité d'une telle clause ne peut être contestée. C'est en qualité de fermier que le fermier paie à son propriétaire un fermage qui consiste en un certain nombre de quintaux de viande. C'est en qualité de mandataire qu'il remet à son propriétaire le prix retiré par lui de la vente de cette marchandise.

Toute discussion sur le prix de la marchandise est évitée, puisque les bases du calcul sont établies d'avance, d'accord entre les parties.

Ces bases sont simples et se prêtent à une vérification facile par

---

(1) Voir à l'Annexe, pages 23 et suiv., diverses formules dont il peut être fait usage.

le fermier aussi bien que par le propriétaire. Il y a, en effet, un seul cours officiel, établi au marché de la Villette, et fixé en présence d'un représentant de la Ville de Paris : c'est le cours officiel du poids net. Pour passer du poids vif au poids net le calcul à faire est le suivant. Un bœuf pesé vivant sur la bascule accuse un poids de 400 kilos. Le poids net de viande est, s'il s'agit d'un animal de première qualité, de 60 % du poids vif. Le poids net sera donc de 240 kilos de viande. Le poids net est de 56 % pour un animal de deuxième qualité, de 50 % pour un animal de dernier choix. Il suffira donc, pour obtenir le poids net, de multiplier, suivant les cas, le poids vif par 0,6, par 0,56 ou par 0,5.

Qu'il s'agisse de blé, de viande, ou de toute autre denrée, la charge acceptée par le fermier de transformer en espèces la prestation en nature qu'il doit au propriétaire modifie, comme je viens de le faire remarquer, le caractère du lien juridique établi entre eux par le bail.

Le propriétaire, aux termes de l'article 2.102 du Code civil, possède, pour le payement des fermages, un privilège sur les fruits de la récolte de l'année et sur le prix de tout ce qui garnit la ferme et de tout ce qui sert à son exploitation.

Les denrées, qui constituent le prix du fermage, une fois transformées en espèces, la créance du propriétaire devient celle d'un mandant sur son mandataire. Il y a eu, en termes juridiques, novation par substitution de dette. La créance du propriétaire n'est plus garantie par le privilège de l'article 2.102 du Code civil.

Il peut être paré à ce danger éventuel par l'introduction, dans le bail, d'une clause prévoyant que, conformément aux dispositions de l'article 1.278 du Code civil, le propriétaire conservera son privilège pour le payement par le fermier des sommes provenant de la transformation en espèces des denrées représentant le prix du fermage.

*
* *

Le blé et la viande ne sont pas les seules denrées dont la livraison puisse être convenue comme constituant le prix du fermage. Mais, ainsi que le faisait observer M. H. Hitier, à la séance du 19 mars 1926 de la session annuelle de la Société des Agriculteurs de France, « il y a, semble-t-il, intérêt à ne pas multiplier par trop les produits à livrer en nature ou payable en argent, et, par exemple, dans toutes les exploitations où l'on fait du blé, il y a lieu de prendre, avant tout, celui-ci comme unique ou principal produit ; le blé, en effet, représente une véritable monnaie, le produit qui peut être le moins sujet à de trop grosses fluctuations.

« Avec le blé, on prendra la viande, le fromage, le beurre, le lait, dans les exploitations où les spéculations animales ont une grande importance ; on prendra même exclusivement l'un de ces derniers produits, dans des pays uniquement d'herbages.

« L'objection que n'ont pas manqué de faire certains fermiers est la suivante : « Comment, c'est l'année où j'aurai récolté en moindre quantité tel produit, et que, par suite de disette, ce produit atteindra un prix très haut, que je devrai payer pour mon fermage le prix le plus élevé, c'est impossible. »

« Ce serait très exact si le bail était basé sur un seul produit, comme le lin ou la betterave ; ce l'est moins quand il s'agit d'un produit comme le blé, à *cours mondial*, produit que l'Etat, dans un pays comme la France, a le plus grand intérêt à maintenir à un prix toujours assez rémunérateur pour inciter les cultivateurs à en augmenter la production, a intérêt, d'autre part, à ne pas laisser monter à des prix trop élevés, étant donné le rôle du pain dans l'alimentation de la masse des consommateurs. »

COMMENT DÉTERMINER LE PRIX DU FERMAGE

La fixation du prix d'un fermage payable en nature, c'est-à-dire de la quantité de denrées qui devra être remise annuellement par le fermier au propriétaire, soulève les questions les plus délicates et les plus complexes, sur lesquelles il est bien difficile de donner un avis général, les cas particuliers, en telle matière, variant à l'infini.

Un calcul simpliste consisterait à considérer le prix du bail, tel qu'il était fixé en espèces, en 1914, à compter que ce prix représentait, par exemple, tant de quintaux de blé à l'hectare, et à stipuler que le payement en nature comportera dorénavant le même nombre de quintaux.

Un tel calcul aurait le grave inconvénient de ne tenir compte que du prix de vente, du prix marchand retiré des produits du sol par le fermier, prix qui s'est enflé d'une façon formidable en valeur nominale, sans faire état du coût de la production, qui n'a pas augmenté dans de moindres proportions.

Sur ce sujet, je ne puis mieux faire que citer les très utiles suggestions publiées par M. Henry Girard dans *le Journal d'Agriculture pratique* du 7 novembre 1925 :

« C'est raisonner à faux que d'attribuer au revenu du sol d'un pays une valeur mondiale constante quelle que soit la situation politique, économique et sociale du pays envisagé. La terre est la forme de richesse qui doit refléter le plus exactement l'état de la nation dont chaque ferme n'est, en définitive, qu'une parcelle... A preuve que, sauf rares exceptions explicables par des motifs spéciaux, la terre n'a pas augmenté de valeur vénale dans la proportion de la dépréciation du franc, ainsi que l'a fait fort bien remarquer M. P. Caziot. Si les propriétaires faisant valoir ont pu se libérer d'emprunts hypothécaires, c'est, en quelque sorte la France entière qui est hypothéquée actuellement par les dettes et charges d'Etat. Si le capital foncier ne s'est pas maintenu au taux du franc-or, on ne voit pas pourquoi le revenu s'y serait totalement adapté.

» Et cependant, soutiennent les partisans de la hausse maxima, puisque le fermier vend ses produits trois, quatre et quelquefois cinq et six fois plus cher qu'avant-guerre, le fermage doit marcher de pair.

» Ne serait-il pas opportun de méditer quelque peu sur ce qu'est la rente du sol. Est-ce l'intérêt traditionnel — c'est-à-dire assez faible — d'un capital investi avec le maximum de sécurité ou bien est-ce d'abord un prélèvement sur le bénéfice que fait l'usager, le locataire, prélèvement strictement proportionnel à ce bénéfice aléatoire ? À la question, nous répondrons que la notion de l'intérêt du placement est primordiale et que la notion du prélèvement sur le bénéfice est en quelque sorte secondaire. En effet, un propriétaire a du bien au soleil et ne veut pas le faire valoir. Il cherche à le louer pour en tirer un revenu. En face de lui se trouvent, plus ou moins nombreux, des cultivateurs en quête d'une exploitation. La loi de l'offre et de la demande joue. Chacun suppute le bénéfice qu'il tirera de l'exploitation et surenchérit en conséquence.

» Le capitaliste a-t-il sa terre depuis longtemps à un prix de revient de 3.000 francs l'hectare par exemple, peut-être la louera-t-il à un taux de placement de 7, 8, 9 ou 10 % si le candidat fermier accepte. En ce cas, le bailleur aura une situation très avantageuse. Son capital nominal se sera accru sans débours supplémentaire et son revenu sera augmenté. D'ailleurs, même s'il ne peut profiter d'un nouveau bail, il a du moins la chance de ne pas voir jusqu'ici son capital nominal décroître. Il souffre en son revenu comme s'il avait des actions de premier plan, très courues sans égard aux dividendes, mais il est moins infortuné que s'il avait préféré au placement en terre l'acquisition d'obligations de chemins de fer qui — en francs-or — valent à peu près le dixième de leur valeur d'avant-guerre. Et pourtant, placements en fonds d'Etat, en emprunts de villes, en obligations garanties voisinaient généralement dans les patrimoines avec la ferme de famille...

» Si, au contraire, le capitaliste vient d'acquérir une terre, il a pu la payer cher, la préférant au papier. Dès lors, la recherche de sécurité dans le placement l'a emporté sur le désir d'un revenu élevé. Ce dernier n'a pas été la considération déterminante de l'achat.

» L'assimilation du fermage du sol français à une valeur internationale-or, quant à l'exigence en revenu, nous semble donc erronée et nous ne sommes pas seuls à penser ainsi. Aussi, beaucoup de gens ont-ils cherché une solution intermédiaire en revenant simplement au paiement des loyers en nature comme jadis. Ce n'est pas tout à fait la valeur or qui joue puisque le régime des produits remis en valeur ou en nature au propriétaire à chaque échéance peut être influencé par des mesures économiques arbitraires prises par les pouvoirs publics dans un but politique. Si, par exemple, le blé venait à être encore taxé de façon directe ou indirecte, il pourrait valoir 20, 30, 40 % de moins que sur les marchés extérieurs et les propriétaires en supporteraient les conséquences... Nous ne nous étendrons d'ailleurs pas sur les griefs formulés contre les baux mobiles basés sur la dation en paiement de telle ou telle quantité des principaux produits de la ferme. Il suffit de se reporter aux études citées plus haut pour les connaître.

» En tout état de cause, nous pensons que le calcul mathématique qui consiste à stipuler que si le fermage de 1914 représentait 3 quintaux de blé, le nouveau doit être encore de la valeur de 3 quintaux, est inexact et peut entraîner les conséquences les plus fâcheuses pour les intéressés. Il est, en effet, excellent de rendre les parties solidaires, mais, pour les propriétaires eux-mêmes, il ne faudrait pas que les fermiers soient bientôt mis dans l'impossibilité de tenir leurs engagements. Aussi, approuvons-nous toutes les dispositions permettant de tenir compte de l'importance des dépenses, sans entrer dans leur détail, bien entendu. C'est le cas lorsqu'il est stipulé que du prix de location obtenu comme indiqué ci-dessus, il sera déduit 10, 20 ou 30 %, suivant l'élévation plus ou moins grande du cours des denrées prises pour bases. Nous approuvons également le système d'un *plancher* et d'un *plafond*, le fermage devenant exigible en argent si le blé vaut moins de tant — ceci à l'avantage du propriétaire — et le fermage devenant aussi payable en argent si le blé dépasse tel autre prix — ceci pour la sécurité du locataire.

» Ajoutons que si le bail mobile se généralise, les cultivateurs devront attacher une grande importance à l'enregistrement officiel des cours, opération qui échappe si souvent à leur contrôle tant est défectueuse la composition des commissions *ad hoc*, comme il a été dit et redit lors de nos derniers congrès.

» Puisqu'il n'y a rien de nouveau sous le soleil, pourquoi d'ailleurs ne pas revenir aux formules d'antan ? A la ferme expérimentale du *Journal d'Agriculture pratique*, nous possédons les baux de la période révolutionnaire. Il n'y est généralement question que de payer la moitié du fermage en espèces, la moitié en « setiers » de blé, et c'est dans cet ordre d'idées que paraît devoir être la vérité. »

Dans sa communication que j'ai déjà citée, à la séance du 19 mars 1926 de la session annuelle de la Société des Agriculteurs de France, M. H. Hitier estimait que, dans la pratique, l'accord entre propriétaire et fermier discutant ensemble les clauses du bail et le prix du fermage pouvait s'établir de la façon suivante. Il est bien rare que l'un et l'autre ne tombent pas d'accord « pour reconnaître que si les prix du blé, de la viande, du beurre, etc., restaient ce qu'ils sont à l'époque où ils discutent, le prix du fermage pourrait être de tant par hectare. Par exemple, voici une ferme d'une région à céréales : propriétaire et fermier tombent d'accord que, si les prix du blé devaient rester ce qu'ils ont été ces derniers mois, le fermage pourrait être de 250 francs par hectare.

« Qu'y a-t-il de plus simple que de rechercher ce que ces 250 francs représentent de kilogrammes de blé au cours moyen du blé indigène disponible au marché libre de Paris, pendant telle période de l'année, tel mois, telle semaine. Pendant le mois de décembre 1925, le cours moyen a été de 135 fr. 50. 250 francs correspondent donc au prix de 185 kilogs de blé sur ce cours, et on stipulera que le prix du bail sera celui de 185 kilogs de blé, cours moyen du blé indigène disponible au marché libre de Paris, en décembre, si le fermage doit se payer au début de chaque année ; cours moyen d'octobre et d'avril, si le fermage doit se payer en deux termes, la Saint-Martin et Pâques, etc., etc.

« S'agit-il d'une exploitation en pays d'élevage, où la vente du bétail est le principal revenu ? Propriétaire et fermier tombent d'accord que si les prix du bétail devaient rester tels qu'ils sont à l'heure actuelle, un prix de 350 francs l'hectare comme fermage serait acceptable. Que fera-t-on dans ce cas ?

« On prendra les cours officiels du marché de la Villette et on cherchera ce que ces 350 francs représentent de kilogrammes de viande de bœuf nette sur pied de première qualité. En décembre 1925, le kilogramme de bœuf de viande nette sur pied a valu (cours moyen) 8 fr. 70 pour la première qualité, 8 fr. 077 pour la seconde qualité ; 350 francs représentent, à ces cours, 40 kilogs de viande nette sur pied de bœufs première qualité, 43 kilogs de viande nette sur pied de bœuf seconde qualité.

« On stipule donc que le fermier devra donner, par hectare, comme paiement du fermage, le prix de 40 kilogs de viande de bœuf nette sur pied de première qualité ou le prix de 43 kilos de viande de bœuf nette sur pied de seconde qualité, cours moyen du marché de la Villette, tel mois ou tel trimestre. » (1)

FRAIS D'ENREGISTREMENT DES BAUX STIPULANT

UN FERMAGE EN NATURE

Le texte de l'article 75 de la loi de finances du 15 mai 1818, que j'ai rappelé ci-dessus, prévoit une règle bien précise pour la liquidation des droits d'enregistrement applicables à un bail payable en nature. Pour déterminer le *quantum* des droits à payer, il y a lieu d'établir une moyenne, en prenant les résultats donnés par les quatorze années précédentes pour constituer l'année commune, en éliminant les deux années les plus fortes et les deux années les plus faibles, et en prenant la moyenne des dix années qui restent. C'est sur cette moyenne que les droits sont calculés.

Pas de difficulté, semble-t-il. Cependant certains receveurs d'enregistrement ont prétendu soumettre les baux stipulant un paiement en nature non point au droit de bail de 0,72 %, mais au droit de 3,30 % applicable, en vertu de l'article 69 de la loi du 22 frimaire an VII, aux « ventes des récoltes de l'année sur pied, coupes de bois taillis et de hautes futaies ».

Cette prétention paraît nettement abusive. Elle est en contradiction formelle avec l'opinion adoptée par la jurisprudence, qui a, de longue date, en matière d'enregistrement, posé des règles précises pour distinguer la vente du bail.

Il y a vente lorsque la propriété des produits vendus est immédiatement transmise à l'acheteur, que les avantages retirés par lui du contrat représentent une partie de la chose elle-même qui a été vendue et ne sont pas de nature à se renouveler, ou lorsque la convention est limitée à une certaine catégorie de produits, le vendeur se réservant tous les autres.

Il y a bail, au contraire, lorsque l'immeuble qui produit les fruits est livré au preneur, et que celui-ci, pour recueillir ces fruits,

---

(1) Voir à l'Annexe, pages 23 et suiv., diverses formules dont il peut être fait usage.

doit exercer son travail et son industrie, lorsque les produits cédés sont de nature à se renouveler périodiquement et que le prix en est payable également à des périodes déterminées. N'est-ce pas, évidemment, dans cette seconde catégorie que se range la convention qui consiste à stipuler qu'une terre est mise par un propriétaire à la disposition d'un fermier qui lui livrera, comme prix du fermage, à des époques fixées par la convention, telles quantités déterminées de produits récoltés sur cette terre ?

Les décisions de jurisprudence abondent dans ce sens. Le caractère de bail a été refusé à l'acte qui a pour objet des herbes de prairies ou pâtures, et qui n'a d'effet que pour le temps nécessaire à la récolte du foin et du regain, alors qu'il est interdit au preneur de faire pâturer, et que celui-ci doit faucher dans le temps d'usage (Tribunal civil de Vervins, 2 avril 1833); à l'adjudication de prairies pour quatre mois, avec prohibition d'introduire des bestiaux dans ces prairies, de toucher aux bois et haies, de jouir des droits de chasse et de pêche (Cour de Cassation, 26 août 1839 et 19 mars 1845); à l'adjudication de récoltes à faire sur une terre ensemencée, quand elle a lieu à l'époque de la maturité des grains et des herbes, sans qu'il y ait de culture à faire et si la jouissance cesse à l'époque où il n'y a plus rien à récolter de la saison (Tribunal civil de Vitry-le-François, 26 mai 1846) ; à la cession de jouissance, du 12 juillet au 1er novembre, de prairies et terres ensemencées et prêtes à être récoltées, avec stipulation que les preneurs ne pourront toucher aux haies et aux arbres fruitiers, et que le bailleur aura le droit de labourer et de travailler les terres louées à partir du 1er octobre (Tribunal civil de Lyon, 20 janvier 1855) ; à la cession aux enchères par le propriétaire d'une terre, au mois de juillet et pour la durée de l'année courante seulement, des fruits et produits de la terre, sous la condition d'abandonner les biens aussitôt après la récolte et de s'abstenir de tout acte d'exploitation (Tribunal civil d'Altkirsch, 7 décembre 1854 ; à l'adjudication de prairies pour une période déterminée, à la charge par les preneurs de ne pouvoir y faire paître leurs bestiaux (Tribunal civil de Paimbœuf, 4 juin 1876) ; à la vente des truffes à retirer de la terre (Tribunal civil de Digne, 22 mai 1907) ; à la vente de la récolte des glands (Solution de l'Administration de l'Enregistrement, 9 mars 1900).

Mais le caractère de bail a été formellement reconnu à l'adjudication par lots, aux enchères, d'un pré, pour jouir pendant quatre mois de la récolte du foin et du regain, puis du droit de pâturage (Tribunal civil de Colmar, 30 mars 1843, Tribunal civil de Vassy, 15 septembre 1843, Cour de Cassation, 19 mars 1845) ; à l'acte portant adjudication de la jouissance d'herbes pendant sept semaines sans aucun travail de culture à la charge du preneur, lorsqu'il s'agit de prairies naturelles ne comportant aucun travail de cette nature, et que d'autre part le bailleur a un droit particulier de jouissance sur le fonds lui-même (Solution de l'Administration de l'Enregistrement, 23 décembre 1891) ; à la concession faite par le propriétaire d'une forêt de pins, pendant un certain nombre d'années, et moyennant une redevance annuelle, de la ferme du gemmage des pins, attendu que le résinage des pins constitue une véritable industrie, comportant des soins spéciaux, qui ont une influence directe sur le rendement de la résine (Cour de Cassation, 13 décembre 1909).

Le principe se dégage nettement. Il y a vente, si le preneur n'a eu en vue, lorsqu'il a contracté, que les fruits produits naturellement par la terre, sans avoir à faire intervenir son travail personnel, et si la convention porte sur une opération unique, ne faisant l'objet que d'un seul payement. Il y a bail, au contraire, si la récolte des produits exige l'effort, le travail personnel du preneur, — sauf le cas des prairies naturelles, par exemple, qui ne comportent aucune culture, — et à plus forte raison, si l'opération, se renouvelant, donne lieu à des payements périodiques fixés d'avance.

Il semble impossible de soutenir, dans ces conditions, que le droit d'enregistrement applicable à un bail stipulant le payement du fermage en nature, soit le droit d'enregistrement prévu par la loi du 22 frimaire an VII pour les ventes de récoltes de l'année sur pied.

Une réponse de M. le Ministre des Finances à une question posée par M. Penancier, sénateur (*Journal officiel* du 28 juillet 1926) a d'ailleurs confirmé l'opinion que je viens d'exposer, en déclarant que, lorsqu'il s'agit de baux payables en denrées, le droit d'enregistrement « doit être perçu d'après une évaluation des parties, dans les conditions prévues par l'article 15-1° de la loi du 22 frimaire an 7, modifié par l'article 75 de la loi du 15 mai 1818 ».

ANNEXE

Formules de Clauses stipulant le Payement en nature

I. — FORMULE DE CLAUSE STIPULANT LE PAYEMENT EN BLÉ
AVEC LIVRAISON EN NATURE

Le présent bail est consenti et accepté de part et d'autre moyennant un fermage annuel représenté par ...... kilogrammes de blé froment, de qualité loyale et marchande, que le preneur s'oblige à livrer au bailleur par tiers (ou par moitié) les ...... (indiquer les dates habituelles des termes), pour la première livraison avoir lieu le ...... prochain.

Les livraisons auront lieu soit au domicile du bailleur, soit au lieu indiqué par lui, dans un rayon maximum de ...... kilomètres de la ferme présentement louée, suivant les indications que le bailleur devra faire parvenir au preneur au moins huit jours l'avance et par écrit.

Le blé devra être propre et vanné, et livré en sacs qui seront restitués au preneur ultérieurement. Il sera donné reçu de la livraison soit par le bailleur, soit par toute personne mandatée par lui à cet effet.

Le prix du présent bail est évalué, pour l'enregistrement, d'après les règles de l'article 15-1° de la loi du 22 frimaire an 7, modifié par l'article 75 de la loi du 15 mai 1818 à la somme de ......

II. — FORMULE DE CLAUSE STIPULANT LE PAYEMENT EN BLÉ AVEC LIVRAISON
EN NATURE OU AVEC TRANSFORMATION DU PRIX EN ESPÈCES
AU CHOIX DU BAILLEUR

Le présent bail est consenti et accepté de part et d'autre moyennant un fermage annuel représenté par ...... kilogrammes de blé froment, de qualité loyale et marchande, que le preneur s'oblige à livrer au bailleur par tiers (ou par moitié) les ...... (indiquer les dates habituelles des termes), pour la première livraison avoir lieu le ...... prochain.

Les livraisons auront lieu soit au domicile du bailleur, soit au lieu indiqué par lui, dans un rayon maximum de ..... kilomètres de la ferme présentement louée, suivant les indications que le bailleur devra faire parvenir au preneur au moins huit jours d'avance et par écrit.

Le blé devra être propre et vanné, et livré en sacs qui seront restitués au preneur ultérieurement. Il sera donné reçu de la livraison soit par le bailleur, soit par toute personne mandatée par lui à cet effet.

Sur la demande écrite du bailleur, formulée quatre mois au moins avant la date de la livraison, et révocable dans les mêmes délais, le preneur accepte la charge de transformer en argent la quantité de blé due en payement du fermage. La somme sera alors versée au bailleur à son domicile, le jour de l'échéance, en bonne monnaie ayant cours.

Les parties conviennent expressément, conformément aux dispositions de l'article 1.278 du Code civil, que, lorsque sur la demande du bailleur, le prix du blé aura été transformé en espèces par le preneur, le bailleur conservera, pour le payement des sommes qui lui seront dues, le privilège qu'il tient des dispositions de l'article 2.102 du Code civil.

Pour éviter toute contestation au sujet de la qualité du blé vendu ou du prix de la négociation ci-dessus indiquée, les parties conviennent que la valeur du blé sera forfaitairement celle de la moyenne des cotes officielles établies par les courtiers assermentés du Tribunal de Commerce de la Seine, pendant le trimestre précédant le mois de chacun des termes, ladite moyenne étant diminuée de ..... francs par 100 kilogs.

Les cours seront relevés soit dans le *Bulletin de la Société des Agriculteurs de France*, soit dans le *Bulletin des Halles, Bourses et Marchés*.

(Clause facultative). — Le fermage en argent ne pourra etre inférieur à la somme de ..... par an. Au cas où le prix du blé viendrait à baisser de telle sorte que le fermage annuel se trouvât inférieur à ladite somme, le chiffre du fermage serait fixé à cette somme et le complément nécessaire pour atteindre le chiffre minimum fixé ci-dessus serait versé par le preneur lors du payement du dernier terme annuel. Réciproquement, au cas où le prix du blé viendrait à monter de telle façon que le chiffre du fermage dépassât la somme de ....., le preneur serait libéré par le versement de ladite somme.

Le prix du présent bail est évalué, pour l'enregistrement, d'après les règles de l'article 15-1° de la loi du 22 frimaire an 7, modifié par l'article 75 de la loi du 15 mai 1818, à la somme de .....

III. — FORMULE DE CLAUSE STIPULANT LE PAYEMENT EN VIANDE AVEC TRANSFORMATION DU PRIX EN ESPÈCES

Le présent bail est consenti et accepté de part et d'autre moyennant un fermage annuel représenté par ..... kilogrammes de viande de bœuf de première (ou deuxième) qualité, poids vif, que le preneur s'engage à livrer au bailleur par tiers (ou par moitié) les ..... (indiquer les dates habituelles des termes), pour la première livraison avoir lieu le ..... prochain.

Le bailleur ne sera jamais obligé d'accepter la livraison en nature.

Le preneur accepte dès maintenant la charge de transformer en argent la quantité de viande due en payement du fermage. La somme provenant de la vente sera versée au bailleur à son domicile, le jour de l'échéance, en bonne monnaie ayant cours.

Les parties conviennent expressément, conformément aux dispositions de l'article 1.278 du Code civil, que le bailleur conservera, pour le payement des sommes qui lui seront dues après transformation en espèces de la viande représentant le prix du fermage, le privilège qu'il tient des dispositions de l'article 2.102 du Code civil.

Pour éviter toute contestation au sujet de la qualité de la viande ou du prix de la négociation ci-dessus indiquée, les parties conviennent que la valeur de la viande sera forfaitairement celle de la moyenne des cours officiels du marché de la Villette pendant le trimestre précédant le mois de chacun des termes, ladite moyenne étant diminuée de ..... pour 100.

Le cours seront relevés soit dans le *Bulletin de la Société des Agriculteurs de France*, soit dans le *Bulletin des Halles, Bourses et Marchés*.

(Clause facultative). — Le fermage en argent ne pourra être inférieur à la somme de ..... par an. Au cas où le prix de la viande viendrait à baisser de telle sorte que le fermage annuel se trouvât inférieur à la dite somme, le chiffre du fermage serait fixé à cette somme, et le complément nécessaire pour atteindre le chiffre minimum fixé ci-dessus serait versé par le preneur lors du payement du dernier terme annuel.

Réciproquement, au cas où le prix de la viande viendrait à monter de telle façon que le chiffre du fermage dépassât la somme de ....., le preneur serait libéré par le versement de ladite somme.

Le prix du présent bail est évalué, pour l'enregistrement, d'après les règles de l'article 15-1° de la loi du 22 frimaire an 7, modifié par l'article 75 de la loi du 15 mai 1818, à la somme de .....

Observation. — Les cours officiels du marché de la Villette ne mentionnent que les prix du poids net. Pour 100 kilogrammes de

viande de première qualité, poids vif, le poids net est de 60 kilogs.
Il est de 56 kilogs pour la viande de deuxième qualité, de 50 kilogs
pour la viande de troisième qualité.

Le prix du fermage étant fixé, par exemple, à 800 kilogs de
viande de première qualité, poids vif, c'est la quantité de $\dfrac{800 \times 60}{100} =$
480 kilogs, poids net, qui devra être multipliée par le prix moyen
de la première qualité diminué de ...... pour 100.

Le prix du fermage étant fixé à 800 kilogs de viande de deuxième
qualité, poids vif, c'est la quantité de $\dfrac{800 \times 56}{100} = 448$ kilogs, poids
net, qui devra être multipliée par le prix moyen de la deuxième
qualité, diminué de ...... pour 100.

IV. — FORMULE DE CLAUSE STIPULANT LE PAYEMENT PARTIE EN BLÉ, PARTIE EN VIANDE, AVEC TRANSFORMATION DU PRIX EN ESPÈCES

Le présent bail est consenti et accepté de part et d'autre
moyennant un fermage annuel représenté :

1° ...... kilogrammes de blé froment, de qualité loyale et
marchande, que le preneur s'oblige à livrer au bailleur le .....
(indiquer la date choisie pour le terme) de chaque année, pour la
première livraison avoir lieu le ..... prochain.

2° ...... kilogrammes de viande de bœuf de première (ou
deuxième) qualité, poids vif, que le preneur s'engage à livrer au
bailleur le ..... (indiquer la date choisie pour le terme) de chaque
année, pour la première livraison avoir lieu le ..... prochain.

La livraison du blé aura lieu soit au domicile du bailleur, soit
au lieu indiqué par lui, dans un rayon maximum de ..... kilomètres
de la ferme présentement louée, suivant les indications que le
bailleur devra faire parvenir au preneur au moins huit jours d'avance
et par écrit.

Le blé devra être propre et vanné, et les sacs seront restitués au
preneur ultérieurement. Il sera donné reçu de la livraison soit par
le bailleur, soit par toute personne mandatée par lui à cet effet.

Sur la demande écrite du bailleur, formulée quatre mois au
moins avant la date de la livraison, et révocable dans les mêmes
délais, le preneur accepte la charge de transformer en argent la

quantité de blé due en payement du fermage. La somme due sera alors versée au bailleur à son domicile, le jour de l'échéance, en bonne monnaie ayant cours.

En ce qui concerne la viande, le bailleur ne sera jamais obligé d'en accepter la livraison en nature.

Le preneur accepte dès maintenant la charge de transformer en argent la quantité de viande due en payement du fermage. La somme provenant de la vente sera versée au bailleur à son domicile, le jour de l'échéance, en bonne monnaie ayant cours.

Pour éviter toute contestation, soit au sujet de la qualité du blé ou de la viande représentant le prix du fermage, soit au sujet du prix de la négociation ci-dessus indiquée, les parties conviennent : 1° que la valeur du blé sera forfaitairement celle de la moyenne des cotes officielles établies par les courtiers assermentés au Tribunal de Commerce de la Seine, pendant le trimestre précédant le mois de chacun des termes, ladite moyenne étant diminuée de ...... francs par 100 kilogs ; 2° que la valeur de la viande sera forfaitairement celle de la moyenne des cours officiels du marché de la Villette pendant le trimestre précédant le mois de chacun des termes, ladite moyenne étant diminuée de ...... pour 100.

Les parties conviennent expressément, conformément aux dispositions de l'article 1.278 du Code civil, que le bailleur conservera, pour le payement des sommes qui lui seront dues après transformation en espèces de la viande ou du blé représentant le prix du fermage, le privilège qu'il tient des dispositions de l'article 2.102 du Code civil.

Les cours seront relevés soit dans le *Bulletin de la Société des Agriculteurs de France*, soit dans le *Bulletin des Halles, Bourses et Marchés*.

(Clause facultative). — Le fermage en argent ne pourra être inférieur à la somme de ...... par an. Au cas où les prix du blé et de la viande ou le prix de l'une seulement de ces denrées viendrait à baisser de telle sorte que le fermage annuel se trouvât inférieur à ladite somme, le chiffre du fermage serait fixé à cette somme, et le complément nécessaire pour atteindre le chiffre minimum fixé ci-dessus serait versé par le preneur lors du payement du dernier terme annuel.

Réciproquement, au cas où le prix du blé ou celui de la viande, ou le prix seulement de l'une de ces denrées viendrait à monter de telle façon que le chiffre du fermage dépassât la somme de ......, le preneur serait libéré par le versement de ladite somme.

Le prix du présent bail est évalué, pour l'enregistrement, d'après les règles de l'article 15-1° de la loi du 22 frimaire an 7, modifié par l'article 75 de la loi du 15 mai 1818, à la somme de ......

Observation. — Les cours officiels du marché de la Villette ne mentionnent que les prix du poids net.

Pour 100 kilogrammes de viande de première qualité, poids vif, le poids net est de 60 kilogs. Il est de 56 kilogs pour la viande de deuxième qualité, de 50 kilogs pour la viande de troisième qualité.

Le prix du fermage étant fixé, par exemple, à 800 kilogs de viande de première qualité, poids vif, c'est la quantité de $\dfrac{800 \times 60}{100} =$ 480 kilogs, poids net, qui devra être multipliée par le prix moyen de la première qualité, diminué de ..... pour 100.

Le prix du fermage étant fixé à 800 kilogs de viande de deuxième qualité, poids vif, c'est la quantité de $\dfrac{800 \times 56}{100} = 448$ kilogs, poids net, qui devra être multipliée par le prix moyen de la deuxième qualité, diminué de ..... pour 100.

TABLE DES MATIÈRES

PAGES

INTRODUCTION... 3

Effets de l'instabilité monétaire sur le prix des fermages............ 7

Impossibilité de conclure un bail payable « en or » ou en « valeur or » 8

Impossibilité de conclure un bail payable en coupons de la rente 4 0/0 à garantie de change.. 10

Validité de la clause stipulant que le fermage sera payé en nature...... 11

Rédaction de la clause stipulant le payement en nature.............. 13

Comment déterminer le prix du fermage............................. 17

Frais d'enregistrement des baux stipulant un fermage en nature...... 20

FORMULES DE CLAUSES STIPULANT LE PAYEMENT EN NATURE... 23

I. Formule de clause stipulant le payement en blé avec livraison en nature.. 23

II. Formule de clause stipulant le payement en blé avec livraison en nature ou avec transformation du prix en espèces au choix du bailleur... 23

III. Formule de clause stipulant le payement en viande avec transformation du prix en espèces.............................. 25

IV. Formule de clause stipulant le payement partie en blé, partie en viande, avec transformation du prix en espèces.............. 26

DERNIERS OUVRAGES PARUS

Lapins, Lapereaux et Cie, Bilans, Dividendes (Petits Secrets d'Élevage et de Succès), par Ad.-J. Charon, Secrétaire de la Rédaction du *Journal d'Agriculture Pratique*. Un volume de 258 pages, abondamment et curieusement illustré. Couverture en couleurs, broché 10 fr., franco 11 fr.

Les Principales Maladies des Habitants de la Basse-Cour (Volailles et Lapins), par G. Moussu, Professeur à l'École Vétérinaire d'Alfort. Un volume de 260 pages avec 2 planches en couleurs, broché 10 francs, franco 11 francs.

Abeilles productives, Ruchers modernes. Toutes les méthodes, tous les systèmes, par M. Arnould, apiculteur à Douchy (Loiret). Un ouvrage broché de 254 pages avec couverture en couleurs, broché 10 francs, franco 11 francs.

Élevage et Maladies du Chien, par R. Moussu, Chef de travaux pratiques à l'École-Vétérinaire d'Alfort. Un volume de 250 pages, broché 10 francs, franco 11 francs.

De bons Fromages pour tous et partout, par Henriette Babet-Charton, ancienne directrice de fromagerie. Un volume de 90 pages avec de nombreuses gravures. Broché 4 fr. 50, franco 5 fr. 50.

Bon Lait, bon Beurre, par Henriette Babet-Charton, ancienne directrice de laiteries à Saint-Paul-de-Varax (Ain) et à Poncins (Loire). Un volume avec figures 4 fr. 50, franco 5 francs.

Une petite Ferme Allemande (Doctrines et systèmes d'Outre-Rhin), 2e édition complètement remaniée par Albert Maupas, propriétaire agriculteur. Un volume 6 francs, franco 6 fr. 60.

Les Professions agricoles (Ce qu'elles sont. Comment s'y préparer. Comment y réussir), par J. Ponsard, ingénieur agronome, préface de M. Henri Hitier, professeur à l'Institut National Agronomique. Un fort volume très documenté et d'actualité 12 francs, franco 13 francs.